LES

RAIS DÉLASSEMENTS

D'UN

ENFANT DE LA HAUTE-LOIRE.

... Et je promenais des trésors d'amour tendre ;
... et vivre pour que qu'elle aime à l'entendre.

CARLIER.

MDCCCLXIV.

SAINT-ETIENNE,
Imprimerie et lithographie de J. Pichon, rue Brossard, 9.
1864.

LES
VRAIS DÉLASSEMENTS

D'UN

ENFANT DE LA HAUTE-LOIRE.

MDCCCLXIV.

SAINT-ETIENNE,
Imprimerie et lithographie de J. Pichon, rue Brossard, 9.
1864.

MES DÉLASSEMENTS

EN PATOIS D'YSSINGEAUX.

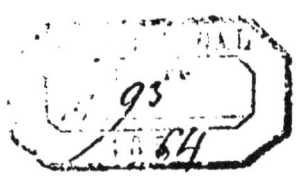

LES VRAIS DÉLASSEMENTS

D'UN

ENFANT DE LA HAUTE-LOIRE.

Tu lui prodigueras des trésors d'amour tendre ;
Ton accent sera doux pour q'elle aime à l'entendre.
CARLIER.

PREMIÈRE ÉDITION.

MDCCCLXIV.

SAINT-ETIENNE,
Imprimerie et lithographie de J. Pichon, rue Brossard, 9.
1864.

A MON PAYS

LA

VILLE D'YSSINGEAUX.

I.

Moun païs qu'ame tant, ieü tedguieuve ennaouffrenda,
Mas, sans annas plus loin, faïs me paeas l'imenda
Per aveis tant resta de te faïre djaouvis
De quatre tchants en vers qu'ai bouta per tchamis.
Per l'ipreuva en passant sabe dedjà d'avança
Que moun pitquit librou n'aoura que trop vacança ;
Que Courtias et Sensé, djudgeant tout, blàmant tout
Et prennent lou faou biaï daou counsiller Trentou,
Douas meïtas d'avoucats, d'itat de tchicanaïre,
L'y dgitarant lous œuts de lious air tant mouquaïre ;
Et qu'en aoutre pouintquiu, counfrèra aous pingnitents
Flâneur accoutquiuma de nôtre Garda-Temps,

Rabagni, quant aou naz aouschi grand que soun païre,
Lou voudra coummentas et billaout lou refaïre ;
Que satchount que n'is pas ngni per faïre d'esprit,
Ngni per rien..... mas qu'en tout per amour is ierit.
Moun ouffrenda d'ailleurs n'en vaut gaïre la penna,
Mous mouyens sount pitquiots ; mas ai l'idèa plenna
De sentquiments bien doux, et per quaouque defaout
Môtra d'enduldgença, frantchamentas m'en tchaout.
Lou patouais qu'ai tchaougi et que ma mïa prefèra
Per la rima bien sur aoura be sa misèra ;
Sabe que se faït sègre et souvent se lissas
Et reprendre aou ditour de dous mouts coummenças :
Per ieü que schous pas fort se môtra plus rebella,
La vese drita aneü, demau sera gambella ;
Encâra bien hiroux, schi quaouque parament
Veniat per se miclas cïchi finalament.....
Schi vraï que lou patouais se fasse lingua morta,
Lou tchaout ressuschitas, courre de porta en porta
Coumma soun counfrèra qu'icris dguins soun entquier :
A bas tout idiome ! à bas aque bourbier !
Lissens-lou proutestas : lou temps lou grand martchaïre
N'a pas re tout ditruit, n'a pas figni de faïre
Que d'itchandgis !!! que d'or nous sera digloutqui
Daou ventre que reprend tout ce qu'en is sourtqui !
Que de feis lou soulei passara per la porta
Que bâdant lous matquis à touta soun escorta !
Que de pissous dguins Leïre et d'aïga dguins Counnor
Vendrant ! que de carcans et que de boutous d'or

Miclarant lious coulours aou floq d'enna berdgeïra
Tous rindzas en bouquet per en beau djour de feïra,
Avant que lou patouais se schâe counfoundguiu
Aou l'aoutre que se dguit esse plus entendguiu !!!
Lou nôtre dguins en sens beïla pas re la môda ;
Counvenue que s'apprend sans la mindra mithôda ;
Mas dguins tous lous mitquiers quaou n'is pas per lou schicü ?
Voudrious esse ipela schi m'aoutavant lou micü.
Lou parle davant Dguicü coumma davant lous hommis,
Lou tchante aou cabaret et souvent sous lous dômis,
Oùntique dgentament ma vouaix part daou fin found
Se miclas aous accords de l'orgue que ripound.
L'icho batquiu lou rend de pertout vez Lavèa,
Belou s'en is servi contra sept à l'armèa,
Oueï, contra sept bedoins ! et la fi de soun tour
Is qu'en lous tchampirant gagnait la croux d'hounnour.
N'en pouirious coumptas cent, tous de ma counnissença :
Bâda, Sarda, Bâly, Perpignan, Laflourença,
Roch, Tantcü, Muraïou, Perrètas, Roumigi,
Que, sans parlas français, ant tous faït liou tchami :
Et peü Sabot, Pipet, Gris, Gasparo, Bouteyra,
Mallossa, André, Virrot, Rotcha-Négli, Tchareyra,
Pouseü, Berthou, Grand-Djean, Misougnat et counsorts, (*)
Qu'en l'estroupiant en paou passant per matadors.

(*) Maisoniat a été un menteur de première force ; il a eu plusieurs disciples fervents, tels que : Suc, Ravel, Marcou, Roméas, Soulier, Perrol, Delouche, Mallet, Boncompin, etc. qui ne nous laisseront, Dieu merci, qu'un souvenir bien au-dessous de leur modèle.

Aou resta, moun païs, de ma moudesta ouffrenda
Aqui lou quarteïrou : retquira-me l'imenda ;
Te farai de tchansous, te las farai tchantas,
N'ai douas per lou moument, schi sabe bien coumptas.
Vêne eïchi tantchipeu me faïre coumpieella,
Te dguieuves à l'éfant qu'is encâra en tutella,
Et sans tchandzas de toun, farai de rigaoudous
Qu'ensemble ou tour à tour farens dansas tous dous.

II.

Tout-hâra dguigious be que prendrious la bourréa
Schi m'adjouavas en paou; n'ai pas tchandza d'idèa ;
Mas ma mïa m'a dguit : tchantas en paou plus n'haout
Trop bas vez nous surtout aquo is quagi en defaout.....
Moun païs, tquiu proumier as versa dguins moun âma
En paou d'aque parfun que bôta tout en flamma :
Tquiu proumier m'as nourri de toun meas qu'ame tant
Me nourris encâra coumma en pitquit efant.
Moun âla l'ai sentquia s'entrebadas à l'aoura
Que tenis en prisou dguins lou claou de Malaoura :
Trop prissas quand s'itchapa ame à la respiras ;
Me poussa, mas fignis per toudjours m'atquiras.
En djour enna bouffas, bien près de ta réserva,
Se rabattent vez icü me poussait vez Minerva
Qu'aou soun manté troussa tantchipeu dès davant
Et sousresent en paou me dguigait : moun efant
Tâtcha de mas liçous de gardas souvenença.....
Mas revirai plus tard..... aqui la counsequença
De ce que lous demous restant souvent plus forts
Contra l'andge gardien malgré tous sous ifforts.
A quinze ans partquigai m'issarras aou coulèdge
Sans ressentquis en rien l'iffet d'aque manèdge
Qu'ant moutra de tous temps quaouquis parents djealoux
De poussas lious efants à faïre d'abbelous.

A faïre de gourmands !!! car daou found de la cava
Lou bon vi roudge et blanc per illous se mountava ;
(Maïre n'ipargna rien) et lou millour quartier
Dgentament se daourava aou traou daou poutadgier.
Sabe ce que s'is dguit dguins quaouquas counferenças :
Nòtre abbé tout soulet faït nòtras esperenças
Nòtre abbelou d'eïchi, nòtre abbelou d'ilaï ;
Souvent en rat sourtquiat daou gros schue en trabaï.
Per quaouques us que l'y a lou cœur seriat capable
Billaout de lous pourtas à se bîlas aou dguiable,
Schi, plus tard à la fi per en secours daou Ceas,
Daou noumbre daous vivents n'èrant pas arrantchas.....
O l'hiroux temps pamis ! ò douça souvenença
Que gardarai per tquiu, l'ami de moun enfença !
Qu'ame me souventas (èrous en paou grandet)
Quand dguins la *Croux de Dguieü* proumenavas toun degt,
Et quand, rien que per goût, m'issacavous à faïre
Las lettras per moun nou qu'aviat bouta de caïre !
Sabe et m'ant dguit vingt cops que Cacquou, quand vengait
Soun papa, sa mama, tout aquo lou bouquait.
Ai vidguiu sous temoins : d'abord moussu Facolla,
Avoué d'aque temps, avant, meïtre d'icôla ;
L'aoutre eïchi soun pourtrait . de mêma proufetchious.
Homme grand et d'esprit, mas sans affectatchious,
Bien poudra, bien frisa, vegniat per se dguistraïro
Aoube en libre vez nous daou feau prendre lou caïre :
Respetavans soun souen (car souvent s'endormiat)

Sans dgis faïre de bruts ; schi de feis s'en fagiat,
Lou pitquit turbulent aviat per piugnitença
L'itâtcha aou ped daou leï, schinou la remountrença :
Coumma l'aoutre is partqui et d'en caïrounnet daou ceas
Regarda en sousresent sa grossa barragnas.
Aoub: en C soun proumier s'icound dessous la terra,
Souvent môtra soun frount, is dguiur et maï dguifèra
Très paou de soun entquier ; mas soun darrier s'icris
Coumma *tchar* en français : schi schous pas bien coumpris :
Per soun nou soum proumier siguiu d'enna counsonna
S'icound, se môtra, is dguiur et toudjours maï se donna
Tout l'air de soun entquier ; mas soun darrier descend
D'en aoutra mout français quagi faït per l'ardgent.
La mort sans coumpatchious nous raviguait sa fïa
Nôtra maïre à tous dex, l'âma de la famïa :
Que pouai countra lou sort ? pouai mas pluras en paou
A d'aque souvegnis que me faït toudjours maou:
Me resta lou besjouin de sègre la demaura
De mous paouris parens qu'en bisaïeu dicôra.
Aqui daous œuts daou cœur, sans aveis lious pourtreaouts
Appercèguc lious traits, lious caressas, lious peaous.....
Coumma avant lóus gros cops daou destin emplacable.....
Mas aou tous mous regrets per esse suppourtable.....
Virens l'aïga daou pra, mïa, lous litcïrous
N'ant dedjà prou biguiu; coumptens : dous quartcïrous.

III.

Mïa, de moun llbrou schous mas encâra à meïta;
Encâra en cop de mau; car Pimpoulet s'appreïta
A me countracarras et Rabagni pretend
Que la fl ripoundra djuste aou coummençament.
Sôgna l'un se coufllas et l'aoutre y fas la meuïa,
C'est-à-dguire grand cas coumma d'enna butcheuïa:
M'en counsole pamis; car en moument vendra
Qu'aoumis lou plus sabent daou dous me coumprendra.
Mas cragni qu'après ieü s'en preneïsant à d'aoutris
Icrivens plus en grand lou patouais dès nous-aoutris,
Et que de quaouque biaï qu'en aoutre posse adgis
Lou fagaisant brountchas et de feis l'iffrigis :
Aourious pamis à cœur de lous seüpre counfoundre
Virens-nous de façou qu'annant tous dous s'icoundre,
Prenens quaouqu'aoutre tour; countens-lious Paouselet,
Las forças de Maeos, lous tours de Gaoudelet,
Ou lous brigands traquas vez lou pouent de la Sainta,
Mas, y pense, et l'Amour ? parlens en sans countrainta;
L'Amour pouat nous menas dguins de païs que sat
Propris à nous fourgnis quiquon de mins passa.
Djuste eïchi lou rapport d'enna pitquita histouèra
Que m'ant countas en djour, sabe pas oùnt aquo èra;
M'en souvente pas bien, leïssa-me la broudzas

Per que davant lous bœüfs bottous pas la tcharras.....
« Dguins en pitquit endreis, oùnt las fennas sount dgentas
Quagi coumma vez nous ; mas en paou mins sabentas,
(Aou djeau d'amour s'entend) dzis n'èra coumparas
A la paoura fïa daou sermenta Maouras.
Paoura et dgenta aquo is dguit ; pamis rien n'empatchava
La djoueinessa d'alors qu'aoube illa se mariava
Aoumis per ivea, schi n'èra per iffet,
Tant liou troutava en têta en schi raro sudgiet.
Eïchi las counditchious que lou papa paousava
A sous djoueìnis vigis que l'amour li menava
Quagi per troupelas : icoutas, seüpris tous
Qu'à ma Valentquina hilarai per ipoux
Aquelou que seüpra ce que içaï vez la prîma,
Depeü lous proumiers ans, en quaouquis djours s'abîma,
Ce qu'is tout-à-fait dgentqui et schi paou qualifia,
Ce qu'is mu, qu'on entend, qu'is bo qu'après sa via.
Et lous paouris garçous, sans se boutas à courre,
D'annas, de s'envignis per bien poueïre councourre :
S'en vegait quaouques us se retquiras tous sous
Et fas secrètament força méditatchious,
Et d'aoutris s'adrissas per seüpre lou mystère
Djouqu'aous passans surpris de ce qu'annavant querro
Ce qu'is tout-à-fait dgentqui et schi paou qualifia,
Ce qu'is mu, qu'on entend, qu'is bo qu'après sa via,
Mas aquìtous pas meü qu'aquelous en retraita
N'èrant pas plus hiroux quand bien mêmas liou têta

Sans cessa ibouriffas moutressa lou tchami
De quaouquas engraougnas... laoudgeïras, Dguieü merchi !
N'is pas tout ; que d'imaïs pendent aquo manédge
Per la fïa Maouras pressa aqui coumma aou piédge ;
Car dedjà sans dipeï n'aouriat djamais voudguiu
Que soun Victor Maselet fuguessa accoussiguiu.
Et peü l'amava trop per devignis secrèta
Soubre tous lious rapports ; mas pamis èra inquièta
De pas fas per illou soun amant avant tous
En tchartchant lou secret quaouquas revelatchious.
L'aoutre annava soun trin et pourtant digirava
Meü que dinguius enfin sourtquis d'aquela entrava ;
Car loin de s'issaras galoupava lous tchamps
Et s'arritava pas per scüpre daous passants
Lou fin mout que tchaiat ; tout per sa bonna maïre ;
Tant èra bon garçou la teniat sans re faïre,
Et malgré sous souschis pas en djour se passait
Sans la servis en tout, sans pensas aou secret.
Quatre feis lou papa de nòtra Valentquina
Se troubait avertqui d'enna rounda vigina,
Et l'air quagi countent tchaqaiu de s'emprissas
Per dguire : ai davins, moussu, me pouai saccas ?
Passas eïchi, vesens, lious ripoundguiat lou païre,
Et sa fïa de sougnas aqultou davinaïre,
D'icoutas soun papa , d'appitas soun arret,
De respiras aous mouts : *n'is pas aquo, Cadet.*
L'un après l'autre aou bout d'enna tèlla semounça

S'ennanavant d'aqui sans faire de ripounsa,
Tristis et counfoundguius empourtant liou cadeau,
Mas se virant pamis daou couta daou gâteau.....
Miracle! nôtre ami trabaïava en campagna,
Quand en gros parpaïou davalant la mountagna
Vengait djuste s'abattre en faça de l'endreis
Oùntiqu'en paou lassa Masclet preniat lou freis :
L'un de l'adguimiras et l'aoutre de plus bella
D'itealas tout daou long sa raoubetta djumella,
Quagi coupas en cœur et bourdas de velou,
Peü picoutas en or d'enna itrandza façou.
Victor, alors billaout arritant sa pensèa
Aou secret en questious, se dguigait : enna idèa
(Après l'aveis viguiu quatre ou chinq cops en l'air
Viras à soun entour) me vet coumma en iclair :
O dgentqui parpaïou, sente vegnis à heâra
Moun cœur s'emplis d'espoir, et l'amour s'en empâra :
Schi davine djusto, vêne eïchi te paousas,
Eïchi soubre ma mau, te farai dzis de mas;
Davine, moun ami, que venis per m'apprendre
Lou secret doùntique moun bounheur dguious dipendre.
Aouschiteü faït que dguit, et dessoubre sa mau
Lou parpaïou vengait didoublas soun drapeau.
Et peü de s'y tengnis, peü d'adgitas sas âlas,
Peü de sougnas Masclet sans dzis fas d'intervallas.
Enfin tquiu mas coumpris, ô dgentqui parpaïou,
La peüra me gagnava et maï soun bataïou;
Et l'aoutre sans parlas aoube sa fièra têta

Li fagait counceveis qu'entendguiat sa requetta.
Eh be! mèna mous pas, li repoundait Victor
Espère qu'aoubo tquiu troubarai moun tresor.
Après aquitous mouts que fagait parpaïolla?
S'envoulait douçament et l'imabla bistquiolla
Après quaouquis icarts, sans faïre en grand ditour
S'ennanait dguins lou pra sentquinas enna flour.
Patchinça! en parpaïou coumma aquo faït de paousas,
Se dguigait l'amouroux, troubarai be las caousas
Que lou farant restas: patchinca! en attendguious
Lou tchaout vîre vingnis: schi partquiat, lou segrious.
Mas aque couquinou bien aqui se troubava
Et Masclet tout esprès à preas se boutava
Quand tout d'en cop partqui, mins vite que l'iclair,
Frou! frou! frou! s'envoulait vez la chima de l'air:
Et peü ploundzant d'amount dreit coumma enna laouvetta
Vengait djuste s'abattre au bord d'enna viouletta.
Mas, s'icriait Victor, sourtquirens pas d'eïchi?
Partens moun ami, vaï! boutens-nous en tchami;
Môtra-me, moun pitquit. ce qu'içaï vez la prima,
Depeü lous proumiers ans, en quaouquis djours s'abîma.....
Et n'agait pas figni que s'arratchant lous peaous
De suita se dguigait: que lous bouquits sount beaous!!!
Alors vite Masclet court à la flour qu'on leïssa,
La côpa aoube aquellas que parpaïou carreïssa,
De sorta qu'à la fi prissas contra soun cœur
Se vegait en bouquet que li pourtait bounheur.
Enfin aou found daou pra soun coumpagnou s'envôla,

Vira quatre ou chinq cops lou long d'enna rigôla,
Et pcü dguisparissent à força de mountas
Prend lou vaste tchami d'enquin'hamount au Ceas.
Plet d'espoir l'amouroux s'envaî troubas lou païre
Aoube soun gros bouquet que sourtquiat mas de faïre :
Alors en trembloutant la fïa lou prendgait
Et sousresent en paou soun papa lious dguigait :
Que divança la flour ? lou frut : et içaï la prïma,
Depeü lous proumiers ans, en rien de temps s'abïma ;
Las flours ! rien de plus dgentqui et pamis las vesens
Coupas sans coumpatchious et dgitas aous litens.
Lious lingadge s'entend : icoutas-las, vous aoutris,
Vous dguire, mous efants, ce qu'ant dguit à tant d'aoutris :
Enfin per que las flours nous schâcant de rapport
N'is pas pendent liou via, mas bien après liou mort.
Djuste aqui lou cadeau demanda per ma fïa ;
Bïlas-me vôtra mau seris de ma famïa. »
Mïa, n'is pas de môda à la fï d'en préfaït
De reglas lous comptis ? lou micü quanti que faït ???

IV

Djouqu'eïchi, moun païs, n'ai rien dguit de Tchaoutscïra :
Voudrious parlas de tout et tout sègre à parteïra;
Mas schous dedjà en paou vieux et per liou quota-part
D'aoutris mins countrassas t'en parlarant plus tard.
Lou beas d'âbris bourda qu'on vet de loin s'itendre
Djouqu'amount vez Lapras et peü qu'on vet descendre
Toudjours ilardgissent la forma de soun cours;
Eh be ! aqouis la Tchaoutscïra aou sous pitquits countours.
Qu'ame vîre aque rious ! sôgna couschi murmura
Soubre soun leï farchi de gravier que s'ipura
En tas contra soun meï, sôgna is rien que tout fier
Aoube soun ounda clâra et soun found d'or ou vert.
Mollament traversant de pitquitas cavernas
Sort d'aqui per saoutas sous en bouquet de vernas,
Et peü fasent levas et per schuita en grand gour
Sous flots nous couvidant à nous bagnas aoutour.
Aqouis lou Dguieü bigni de nôtras lavandeïras
Quand côla douçament tout aoutour de liôus peïras;
Mas aqouis per illas et per lous Tchaoutscïrous
En dguiable renfourça quand se Lôta furioux.
Lou tounnouire aousens-lou barrounlas vez Araoulas :
Soun bruts sourd faït dgimis lous tsâchis et las taoulas;
De tenèbras n'is dgis, tout lou Ccas is en feau,

Las bourras qu'ant poumpa n'ammènant rien de bo ;
Dedjà l'air is pesant, dedjà l'agnelou beâla ;
Tout predguis en malheur et djouqu'à la mouteâla ;
De bâda on faït la croux, en dilludge s'entend
Davalas aou galop sans faïre dgentament.
Quaous-aqouis que patquits aoutour d'aque vacarme ?
Lou merle qu'aoutris cops èra aqui coumma en carme,
Et peü lou reinatou qu'on vet penablament
Saoutas de brantcha en brantcha hors de soun loudzament :
Per vîre sous pitquiots sôgna aquella verdeïra
Djouqu'annas se trahis aouprès de liou liteïra,
Sôgna la vatchirolla entrinas aou soun ngnid,
Sôgna aque vichibœüf tout bourru, tout tranchi.
Graveïrou, moun pitquit, leïssa aneü ta demaura,
Et tquiu, martqui, vaï-t-en vite pitchas..... de faura.
L'aïgua aqouis per millers qu'en passant vous ditruits ;
Tout is à coummenças..... à l'aubra, mous amis !!!
Mas rien de plus tcharmant, sans aque trobla-fêta
Qu'en mer coumma vez nous lèva que trop la têta.
Que de feis en passant tout lou long de sous bords
Me schous trouba dourmis frantchament sans ifforts !
Que de feis l'ai gasa ! que de feis aoube d'ambris
Me schous trouba trenas la prisou de mous tchambris !
Que de serpeicïra et de fias de pouloumart
Per moun fialat couju..... sans los règlas de l'art !
Que de feis sans malheur ai pitcha la granouïa
Et l'ai sourtquia daou found de l'abri de Grabouïa !

Pamis én divirant las tchanas d'en blantchier

En djour me troubai pris dguins sas paoutas d'achier ;

Mas fagai tant d'ifforts l'espaça d'en quart-d'houra

(Car aquo èra bien long, me tegnat per la bourra)

Qu'aoube en cop d'ipanla lou fourçai de latchas

Et que vez Mount-Bargnier courrigai me coutchas.

Merchi ! te dguieuve en mout, brave schuc, schuc moudèle,

Tquiu, d'en tchapé mounta lou pourtrait prou fidèle :

De biaï t'ai remarqua te fas rund, mas aouschi

De vez nous tchartche pas en gança plus figni.

La fourma qu'is dessous fierramentas te porta

Depeü milla ans et plus..... et touta aquella escorta

Et de schiècles et d'ans me môtra de bien loin

Que Branla-Coutquiou coumma lou Mount-Rapoin,

Et que la Croux-daous-Saints coumma la Paousâdôna

Se trobant bien tegnis aou vieux nou qu'on lious donna.

Enfin qu'Atchou peala coumma Mount-Boussoulet

Se môquant daou tounnouïre autant que d'en bounnet.

Lou temps passa pamis per en crâne itchampaïre,

Autant ama batquis aoutant ama difaïre :

Et peü se troba aveis en bras coumma de fer

Quagi toudjours beissa, quagi toudjours en l'air.

Soubre tout l'ungnivers, dguirias qu'aqouis de radza,

Faït rounflas soun voulant et djamais se souladza ;

Qu'en gueux ! n'ipargna re qu'à dgibas sas favours ;

Aquo is djuste pouat pas dguispaousas daou rebours ;

Car dipendent en tout d'en aoutre coummandaïre

Se vel fourça d'adgis, sans fas lou rasounaïre,
D'icoutas soun arret, de sègre soun idguit
Et de tout ngnivelas de pitquit à pitquit.
Hier me vegait pluras, ancü me troba à rire,
Demau, billaout demau m'empatchara d'icrire.
Qu'en drôle de mitquier! s'en prend djouqu'à mous peaous ;
Me lous arrantcha tous! schi preniat de chiseaous !
Ma barba aou tout aquo de roudza se fait blantcha,
Encâra douas harpias et djuste l'aourai frantcha.
Mas lissens mous malheurs, parlens d'aquelous djours
Tchars à la djoueinessa et qu'on regretta toudjours.
Per fignis leïssa-me te countas moun histouèra
Qu'ai gardas tout lou temps aou found de ma memouèra
« Partquious vez Saint-Djuia siguiu de chinq amis,
Lou cœur quagi countent tout lou long daous tchamis,
Quand d'abord en passant la fouen de Chignincrôsa
Aou soun broussou de fer renfourça d'enna rôsa
Nous fourçait de sougnas dguins soun ventru baschi
La büas d'en semblou de fouira tout farchi.....
Plus loin, soubre lous bords daou rious de vez Crissella,
Nous arrestèrant court per djouas à la marella.
Enna houra se passait, quand tchaquiu de son las
Aoube lous barbasseüs troubait à se galas.
Ladet lou plus sabent aoumis de tres ou quatre
Fabriquait en barcot aou de papier djaounâtre,
De papier tout grissous per rapport aou raoutqui
Dous cops dipaquetta depeü qu'èra partqui.

Paou lesta lou barcot d'annas dessoubre l'aïgua,
De sègre lou courent, quand moun vigi Delaïgua
Countrassaïre en renou, schinou quagi foutraou,
Aoube enna pirretta li fagait en gros traou.
Seguèrans Mountpinoux et Missignac en faça
Se moutrait quagi tout djouqua vez la Terrassa.
Aqui lou grand Trousquin, lou plus dguiable de tous
En pitchant à maun-tâta arrapait de pissous
Qu'enfialas aoube en djoune counfiait à Louis Gagna
Per lous pourtas aoumis djouqua vez Mortassagna :
Gagna èra daous nòtris et aque pissouset
(Car lou nou li restait) perdait pas lou paquet !
La côta se mountait et sans la mindra bîla
Crièrans tous d'amount : bonsoir à nòtra villa !!!
A pennas dguins lou bouès aqui qu'en itchiros
Nous prendgait notre temps aoube sous tris pitquiots.
Et alors de remplis nòtras pitquitas biaças
Et de lous tchampiras et de sègre lious traças,
Qu' .. à tout ibalourdgui lou plus gros en saoutant
Toumbait aoube enna brantcha à dous pas plus avant :
Sans la latchas s'en sert coumma d'en paratchûta,
L'arrape lou proumier, Trousquin me lou dguispûta,
Ladet court, me lou prend, lou passa à Barricand,
Mas aquitou mourdguiu, l'itchiros fout lou camp.
Lou sougnèrans tous seïs grapinas soubre en âbre.
Toun pugnis..... mas countens d'issaras nòtre sâbre :
Car ... paoura bétquia seriat sourtquia d'aqui

Billaout be touta enteïra et crebas à la fi.

Enfin, passa lou bouès troubèrans enna planna

Oùntique quaouquas sers sous en quartier de mâna

S'icoundèrant aou bruts que fagiat Barricand

Aou soun fioulot de saouse et toudjours fiouloutant.

Preuva qu'èrant pas las, quaouqus, (mas n'is pas Gagna)

Demandait de tâtas lou laït dès Mortassagna;

Djuste alors dguigious : no, quand plus avant Ladet

S'icriait lou moutrant : Saint-Djuia-lou-Pinet !!!

Lou bon cura Roussou daou djardgui nous sougnava;.....

Arribas aourians pris en gouttou de sa cava :

Mas, pitquits, nous dguigait : marquas vôtre bitchou,

Coupas l'y vôtre pau, fourngnirai lou bouiou. »

Moun païs, schous countent d'aveis aguiu l'idèa

De te fas coumpliment sans arreïra pensèa ;

Mas schi de moun librou perdguias lou souvengnis,

Sans t'enquiatas de rien laïssa-lou..... revingnis.

FIN.

LOU VI.

CHANSON DE TABLE EN PATOIS D'YSSINGEAUX.

Air : *de la Vigne.*

Amis, grâça à nôtre itchansou,
Schous rien que fier de la tchansou
Qu'ai pressa aou found d'enna boutïa :
Qu'en bon vi, gredin, s'is biguiu !
L'ai trouba schi fi, schi tchagniu,
Qu'encâra soun goût m'imoustïa,
Et qu'à l'encontre d'en boutchou
M'en faou servis en virratchaou. (*)

Francs amis, traoutchens lou mystère
Qu'en virre de vi nous icound ;
Buvens lou ; mas sougnens aou found
Schi lous Anglais (bis) lou vendrant querre.

(*) Un jour je chantais et je remarquai que B***, un de
mes amis, courbait la tête et avait honte, pour ainsi dire,
que je lui rappelasse le langage qu'il avait déjà parlé toute
sa vie. Piqué de ce sot oubli de ses rapports d'enfance,
je fis les trois strophes suivantes que, pour rire, je suis
bien aise de montrer à Yssingeaux, où tous mes per-
sonnages sont connus.

Lou tâte d'abord et schi is bo
M'en verse en quart cop soubre cop;
Peü daou restant prenne patchinça :
D'en lttre et de feis maï per djour
Aoube en vigi de ma coulour,
Sans m'enfioulas faou la dipensa ;
Mas, quand per malheur lou souchi
Me gâgna..... plus de coumma schi !

Francs amis, etc.

Radoulas ? me dguira quaouqus,
Croueis ilforts que viris perdguius !
Que pretendez ? que voulez faïre ?
N'is plus la môda daou patouais,
Tout lou monde parla français.
— Icortchègua ! que laït toun païre?
— Ferblanquier ; — soun nou ? — Bigouroux ;
— Perque pas dguire Tchamaouroux !

    Moun ami, remplis me toun virre
D'aque vi fameux ou schinou
Djamais pouiras nous fas rasou
Schi tchaout tchantas (bis) et schi tchaout rire.

— Icortchègua ! qu'is aque mout ?
    Djamais m'ant sounna d'aque nou !
— Te vaou dguire d'où vet l'encaïna :
    Counnissis Rigaoud, Faïené,
    Manaou, Bichèra et Carcavé,
    Bacou, Catchet et maï Bircïna ?
    Eh bel tous te dguirant : Goueou
    Is l'homme et tquiu schas lou cacou, (**) Fabla.

    Moun ami, etc.

A beoure !!! m'icrëi bien fort.....
Eh ! la barr.....raqua !!! rien n'en sort.....
Qu'en broc sous lou faoutquias de Djanna.....
Plet djouqu'aou bord enfin vindguiu,
Mo creso quaqi descendguiu
Daous temps daous Djuifs et de liou manna,
Ou de Noö meü qu'arroundgui
Sous enna ballâtas de vi.

    Francs amis, etc.

— Mas sourtez de vôtre sudjiet.
— Eh be ! l'y torne..... et sans proudjiet
  Counvenis que schas lcortchègua ?
  Quant à Gourri, quant à Gouitroux,
  Counvendras maï qu'aqouis de mouts
  Que la medguisença nous lègua.
— Tchut!!! mas per roumpre aou la pipi
  Dicoueitfens mas pintas de vi.

    Mous amis, remplissez moun virre
  D'aque vi fameux ou schinou
  Djamais pouirai vous las rasou
  Schi tchaout tchantas (bis) et schi tchaout rire.

FABLA.

(**) Soubre lou même tchar Valour dès Mounedeïras aviat
plaça mêmas à têta et pouinta, en moutou, enna tchâbra
et en cacou per lous menas à la feïra. Tout se passait
assez bien per la tchâbra et lou moutou; mas quand
vengait lou tour de l'aoutre, Valour agait bien de penna
per l'assetas counvenablament; car se boutait à renas, à
crias que l'aourias entendguiu d'enna lègua: mas de
qu'as? co li fagiat Valour, schas pas bien? quo te
manqua, sapré criaïre? laïsa te! tous amis dguiouriant

A taoula quand nous troubarens
Lou plus de foutraous meü rirens,
Quand mêmas dipassarians trenta :
Aqouis alors que lou bon mout
Se crouasa et qu'aque djus pertout
De rasada en rasada aoumenta
D'aoutant l'entrin qu'et peü lous cris
Vant djouqu'ibranlas lous lambris.

Francs amis, etc.

Lou berbigi dguins lous beaux djours
S'acqoueita et trabaïa toudjours
Per l'hiver à grouschis sa pera :
Soun isemple is de feis sidguiu
Per de mounde qu'ant icoundguiu
De vi, d'ardgent, dguins liou coussera .
De sorta qu'aque pau bingni
S'arrapa, quand laoure is figni.

Francs amis, etc.

---

t'apprendre à vioure: sôgna aque moutou, sôgna coumma
is sadge. « Aqouis en sot, li repartquigait lou cacou :
schi sabiat coumma ieü ce que n'en vant faïre, bramariat
d'enhaout de soun gàougier : la broudzeuse surtout n'en
fariat tout aoutant, schi n'èra pas schi bétquia. Sabount
pas qu'à tous tris, ieü surtout que schous gras, nous
vant faïre passas quaouque triste quart-d'houra. » Nôtre
cacou rasounava assez bien ; mas qu'aquo sert de se
plagni quand lou malheur is certain ? Voudriat meü,
m'is avis, sans pourtant l'affrountas, l'apitas de ped
fermo ; car is rare, quand quaouqus s'icound per ivitas
lou dandgier, schi, moutrant en paou soun naz, l'y
tomba pas lou proumier.

Mous amis, aqui ma tchansou
Trounquas d'enna dgenta façou,
Mas faïta selon moun schistème,
Qu'is de tchantas coumma Rinaou,
Qu'is de versas coumma Quiblaou,
Qu'is de trinquas coumma Loubouhème,
Qu'is de beoure coumma Proum-Proum
Et tant d'aoutris que vant de frount.

Francs amis, traoutchens lou mystère
Qu'en virro de vi nous icound;
Buvens lou: mas sougnens aou found
Schi lous Anglais (bis) lou vendrant querre.

LOUS EMBARRAS

D'enna laouveta per ilevas sous pitquiots,

(Vez Ardouï).

Air : *St-Pierre perdit l'autre jour.*

Enna laouveta aou meï d'en bla
    Rien qu'en flour et harricoula
De quaouquis bouquits qu'on indguiura,
Dguigiat à quatre ou chinq liquis
Schicüs et tout-itchas ipiis :

    Tchut ! mous pitquits,
    M'envaou, torno vignis :
  Surtout dzis de bruts, dzis d'aventura. (bis).

A pennas lou djour s'is leva
Qu'aou soun entrin accoutquiuma
S'envaï querre de nourritura :
Revindguia, soun mounde d'accord
Se lèva et pàgua et peü s'endort.

    Tchut !.....

Aqui que Turc dès Tchampagnac,
Turc que court fas sa vilagna
Soubre en gros bouquet de verdguiura,
S'ibaouta aou bla, quand maï Cesar
Se gâla à sègro en grand dzaïard.

Tchut ?.....

Lou lendemau d'aque vari
Dous gamins saoutant la pari
Qu'aoutour daou tchanp faït la centquiura :
L'un is dedguins, l'aoutre is aou guet,
Quand on entend : gàra, cadet !

Tchut !.....

Mas en se saouvant ant vidguiu
La laouveta qu'a courridguiu
Counsoulas sa proudzignitura :
Virant lou pas..... plus de mouyen,
Força is de dicampas plus loin.

Tchut !.....

Plus tard arriba en bambinant
Lou missougnier, et soun voulant
Daou bla digargnis la parura.
Countrassa qu'is per quaouque iclair
S'amassa et part..... lou naz en l'air.

Tchut !.....

Grâça à liou maïro lous pitquits,
D'icourtchas qu'èrant, sans mintquis,
Se trobant aveis sa carrura :
Aouschi tous fiers, sans pillounas,
S'appreïtant tous à s'ennanas.

    Tchut !.....

Vez ! vez ! nôtra maïro planas
Inquin-hamount sans se dginas.....
Seguens-la, prennens soun allura !!!
Tout part..... mas à d'aque sabat
La maïro enradza et se dibat.

    Tchut !.....

Lous gueux, tout superbis que sount,
N'arribant pas mêmas aou found
Daou las oùntiqu'is l'itchancrura .
Peü trînant l'âla et maï lou ped
Vite s'accaoutant tout-à-fait.

    Tchut !.....

Lous us d'eïchi, d'aoutris d'ilaï
Daous parens doblant lou trabaï :
Car tchaquiu se plaint et murmura :
Schi patquissount, coumma toudjours
Lou Ceas s'envendra à liou secours.

    Tchut ! mous pitquits,
    M'en vaou, torne vignis :
  Surtout dzis de bruts, dzis d'aventura. (bis).

LOU VIOULOUNAÏRE,

CHANSON.

Air : *C'est le ménétrier Thomas.*

Ce que so dguit daou menitrier
Se dguit daou vioulounaïre
Raffòle trop d'aque mitquier
Per restas sans rien faïre.
Eïchi douncquas en air..... lous sous
Qu'à quaouquis amis djouase ;
Car, schi m'arriba d'en djouas dous
Me faou quagi viadase.

   Tra la la la deri loun la   } (bis).
   Tra la la la loun laira.

Sous l'oumbra clàra d'en vieux faou
La djoueinessa s'amassa :
Quant aou vioulou l'affialo en paou
Per la boutas en plaça.
Lou cop serioux beïla l'ilan.....
Crac!!! la meïta is en dansa.....
Peü l'aoutra après prend soun ivan.....
Peü tout aquo balança.....

   Tra la la la, etc.

Pas vraï qu'en gardant bien soun ring
La taoula is en bon dgïto ;
Qu'aqui, quand on se bôta en trin,
La besougna vaï vito :
Eh be ! la dansa a sous attraits,
Rosa ; car dguins en caïre
Votre amant vous faït djusto après
L'amour sans en rien traïre.

    Tra la la la, etc.

S'en vet, coumma Blantcha et Suzou,
Qu'ant l'idèa precoça ;
Qu'à saoutichas ant tant de goût
Qu'appeïtant pas liou noça :
S'en is viguiu, coumma Goutou,
Qu'aou liou têta en paou dguiura
Sount pourtant bien vindguias à bout
De doublas la figura.

    Tra la la la, etc.

Touenna, aou soun ensfrument schi doux,
Dguins moun temps flouloutava.....
N'is pas tout ; car Claude Badious
Aou lou schieü tambourlava.....
Plus tard, en lissant soun artchet,
N'en diplaso à Cacotta,
Vissou s'atchetait en cournet
Per nous djouas la gavotta.

    Tra la la la, etc.

Quaou n'a pas counnichu Celou
Lou vioulounaïre en vôgua?
Se dimantchant contra en vioulou
Coumma en dzaï que s'engôgua !
Quaou n'a pas counnichu Faïtou ???
Faït plus rien..... mas lou drilli
A faït..... que nôtre rigaoudou
Fara..... plaça aou quadrilli.

    Tra la la la, etc.

Djoucine alors me rendious en paou
Ma liçou plus fachila ;
Car plus hardgui tenious la claou
De dous salous en villa.
Coumma lous temps se sount tchandzas !
N'en rese; mas ai Djanna
Per me faïre aneü vioulounas
En cop tchaque semâna.

    Tra la la la, etc.

A força d'annas à la fouen
Notre dgerlou se gâta :
A força de fas notre piend
S'agrandguis et s'iffata.
Moun îme l'ai tant dimena
Qu'à heara pouai mas cragni
D'aveis en paou trop ibrinna
Ma..... tchansou per l'attagni.

    Tra la la la, etc.

LOU FITATA.

Air : *Toun ambougni, Djean-Mathieü,*
Freta-lou contra lou mieü.....

ou : ·····················
Ieü li porte aquela poula
Qu'is dguins l'oulla.....

Lou fitata faït soun ngnid
Tous lous ans vez lou Pignid: } (bis)
L'herba is poussas..... et lou terme,
  Redzo et ferme,
  Rend la plaça
  Netta et maï sans traça.

Sans traça !!! mas en besjouin
D'amassas lou boudzindzin } (bis)
Faït que tant paou que n'en schâe,
  Mas qu'en y âe,
  La marmaïa
  Saouta la muraïa.

Peü dguins l'herba djouqu'aou coua } (bis)
La trapisa tant que pouat,
Et faït tant que la bisquiôla
  Vira, vôla
  Et s'aoufensa
  De tant d'issoulença.

Lou fitata per mouments
Soubro en âbro l'asimeı.a :   } (bis)
Toudjours soubro enna coutquiassa,
    Quo dipassa,
    Se brançôla,
    Ploundza et y revôla.

Dguirias qu'aoubo en martelou
Soun gaougier breïsa en poulou,   } (bis)
Et qu'aoubo en fioulo s'approtcha,
    Tout per crotcha,
    D'enna nota
    Beaoussigna ! mantchotta.

Sous œüfs fis et satquinas
S'adjustant lou bleu daou Ceas,   } (bis)
Et fant tous chinq en tchinetta
    Fort drouletta
    L'iventâri
    D'en amour sençâri.

Plus tard quiquon de bourru,
Quiquon de bien malaoutru   } (bis)
Paris aou found et m'entrigua,
    Schi bouilligua
    Sa gourdgetta
    De coulour djaounetta.

Qu'en trin menna aou sous pitquiots
Sans pluma et maï quand sount gros! } (bis)
Qu'en schouin! qu'enna nourritura
  Liou proucura ???
  Quand fant feïra
  D'on quious de mouneïra.

De pitquit qu'èra davant
Lou ngnid resta en paou plus grand : } (bis)
Tout vet de la poustquiuretta
  Mignounetta
  Que s'aoupèra
  Sans trop de misèra.

Souvent l'enclaousa daou Ceas
Se diboundounna et dziclas } (bis)
N'en tomba aqui quaouqua goutta ;
  L'àse fouta
  Schi n'en plura!!!
  Schi pleüt trop ??? ou indguiura.

    .

Soun plus piguible is alors
Quand Pirrotcha aou sous renforts } (bis)
S'arrindzant tous en bataïa,
  Quand liou daïa
  Ràsa, esplòra
  Touta sa demaura.

Martella tant que pouiras ;
Mas leïssa-lous feniras :
Te resta las treffouleïras,
　　Las rabeïras
　　Et per vioure
　　La flour daou rivioure.

〕(bis)

Fort et pas *fi* contra *fi*
Pouiriat s'appliquas cïchi :
Car lou ploumb vet que lou tchassa
　　De la plaça,
　　Qu'iparpïa
　　Touta la famïa.

〕(bis)

LA MAÏRE DE FAMÏA.

NOËL.

. . . .

Air : *Djacquounet lou plus sabent*
Li fara soun coumpliment.

Ïchi quagi dous milla ans
  Qu'à Tchalendas, mous efants, } (bis).
L'on fêta en recounnissença
    La nissença
    D'en archandge
    Faït homme en itchandge.

Vaut nisse paoure et n'aveis
Que de païa, quand daous Reis } (bis).
Pouiriat partadzas la pluma
    Et l'itquiuma
    De liou taoula,
    Quand burla et quand neaoula.

Tous lous traits d'aquel efant
Ant tous en air bien tcharmant ; } (bis).
Car tous sentount la djustessa,
    La finessa,
    Qu'en archandge
    Côpia sans milandge.

Ma fi ! lou salut de tous
So tròba aqui : l'amour sous   } (bis).
Nous l'ou môtra dguins l'itable
     Doux, affable :
     Schi s'abeïssa,
     Meü darrier nous leïssa.

Pourtens nôtre esprit bien´ loin.....   } (bis).
Djouqu'à vez Bethléem.....
Qu'aqui lou cœur maï se porte
     Per que sorte
     De la passa
     Que l'enfer li traça !

Daou trône oùntiqu'is aou Ceas   } (bis).
En Dguieü davala cichi-bas :
Perque ? perçaque nous ama :
     Vez ! soun âma
     S'entremeïla
     Dguins tout ce que beïla.

Qu'ennous accords iclatants !   } (bis).
Qu'en mystère, mous efants !
Tchut ! dguinias l'air d'en cantquique
     Magnifique
     Que davala
     Daou Ceas que s'iteâla.

Fasens tous nôtris ifforts   } (bis).
Per sègre tous lous transports
De soun amitié schi frantcha
     Qu'en revantcha
     Nous accâbla
     De façou noutâbla.

Pitquits, fasens li la cour !
Nòtre cœur brulant d'amour   } (bis).
Qu'à sous œuts bleus s'ibandguisse
     Et frantchisse
     L'iminença
     De la chircounstença !

Lou dguiable sent de sa mau
Toumbas sa fourtcha de feau :   } (bis).
Tous lous maous en counsequença,
     Sans puissença,
     Dguisparissount
     Et lous biens renissount.

Plet de radza aque demou
Sourtqui daou plus viaou limou   } (bis).
Dguins l'enfer se desespèra :
     La coulèra
     Faït qu'entreïna
     Tout aoube sa tcheïna.

Jésus nous aguius la paix
Et nous combla de bienfaits :   } (bis).
Coumptens soubre l'enduldgença,
     L'espereuça
     Et lous tcharmis
     De la paix daous Carmis.

Sainta Vierdge, counflas nous
Votre frut.... car mêmas vous   } (bis).
Souriris à soun sourire
     Semblant dguire :
     Qu'en doux gadge !
     Tout me rend houmadge !

Maïre hirousa et benigia,
Vôtre sort is bien tria :
Tout l'ungnivers vous emplôra.....
    Coumma adôra,
    Dguins sous landgis,
    Lou meïtre daous andgis.
        } (bis).

Or soun règne is bien lou mieü !
Glouèra dounequas aou bon Dguieü !
Glouèra à sa mugnificença !
    Glouèra immensa !
    Glouèra à heûra !
    Toudjours et encûra !
        } (bis).

Pitquits, coumma lous berdgiers
Et lous madgis tous proumiers,
A Jésus demande en grâça
    Nôtra plaça
    Dguins en mounde
    Q'aou lou Ceas counfounde..
        } (bis).

FIN.

DIES IRÆ, DIES ILLA.

Traduction.

AIR CONNU.

Vtrens, per coumble de rigour,
La croux se dipleas aoutour
Dæou schiècle en cendris aque djour.

Quand, schi ferme à tout soutignis,
Lou djudge sera per vignis,
Tout vaï tremblas, tout vaï fremis.

L'andge, aou soun air qu'itounnara,
Dguins tous lous païs annara
Soummant lous morts qu'attroupara.

Tout djouqu'à la mort, aou moument
De ripoundre à liou djudjament,
Sera rempli d'itoummament.

En libre icrit sera viguiu,
Oùntique tout is countindguiu :
L'arret d'après sera rendguiu.

Lou djudge alors prisgidara ;
Tout l'icoundguiu se moutrara :
Rien d'impugni maï restara.

Que dguirai, malhiroux que schous ?
Quaou preas de parlas per vous ?
Quand lou djuste a soun sort doutoux.

Rei, que davant la madjesta
Tout dious tremblas, fouen de bounta,
Saouva-me en paou de voulounta.

Souventa-te qu'as descendguiu
Daou Ceas per icü, que schous perdguiu,
Schi schous lissa aque djour vindguiu.

Per me querre te schas lassa :
Soubre la croux icü t'ai coutcha :
Faït que tout serve à moun ratchat !

Djuste djudge, per te vendzas,
Faï remischious de mous petchas,
Avant lou djour de dischidas.

Sôgna couschi me fant dgimis,
Et couschi moun frount en roudgis :
Perdou ! vaï ! te serai soumis.

Daou grand petchaïre et daou vouleur
Espère djaouveis daou bounheur
Qu'is de seüpre gagnas toun cœur.

Ma prièra manqua d'amour,
N'en counvene; mas à toun tour,
Schi itchappe aou feau, qu'enna favour !

Dguins lou noumbre daou troupelou,
A drîta oùntiqu'is l'agnelou,
Faï-me enna plaça..... loin daou bouc !

Sonna-me en sounnant lous ilus ;
Dedjà lous mitchants counfoundguius
Sount per la flamma 'ccoussiguius.

Lou cœur gros et quagi cendrous,
Te vene preas à dzanoux
De prendre en mau la fî de tous.

Que de larmas vîra aque djour,
Quand daous pervers vendra lou tour !!!

Moun Dguieü, pamis ipargna-lous,
Perdounna et rend liou sort plus doux !

Grâça douncquas, et per piata
Beïla-lious, sans dguifficulta,
Lou repaou dguins l'itergnita.

Espoir !!!

DIES IRÆ, DIES ILLA.

Traduction travestie.

Air : *O filii et filiæ.*

Djour de coulèra qu'aque dje ?
Daou schiècle alors vendra lou tour
De s'abimas dguins en grand four.　*Alleluia.*

La croux, aque treïna malheur,
Lou feau maï soun coumpétiteur
S'idarant per lou grand vendgeur.　*All.*

Aoura, crese, en coumpte à reglas
Aou quaouquis gueux que dguious boutas
Aou meï coueïre aou tous lous Djudas. *All.*

Quand, schi ferme à tout soutignis,
Moun bon Dguieü, seras per vignis,
Tout coummençara de fignis.　*All.*

Plus de liuna, plus de soulet,
Et pamis daou bout de toun degt
Marquaras lou frount daou bouffet.　*All.*

Lou mounde anchien et lou nouvé,
Nòtre Empereur, l'ami Noë
Farant preïssa aoutour daou fourné. *All.*

L'andge, aou soun air qu'itounnara,
Per tous lous morts troumpetara :
Alors tchatquiu derbounnara. *All.*

Tous vant fremis ! quaou se crira
A l'abri dguins aque fïra
Rempli de cris qu'on igrira ? *All.*

La mort, plenna d'itounnament,
Prendra peüra à d'aque moument :
Mas quo fariat finalament ? *All.*

Que vaï dguire lou faou devot,
Lou menteur et maï lou cagot,
Lou tcheï, l'aveugle et lou mantchot ? *All.*

En libre icrit per lous petchas
Gros et pitquits mèma icraffas
Sera siguiu de tous lous las. *All.*

Tous s'envant esse bien surpris
De vire lious· secrets coumpris
Et soubre aque gros libre icrits. *All.*

Lou djudge alors additchiounant
Lou paou de bien et lou manquant
Lious dguira : crac !!! aquo faït tant. *All.*

L'endjustquiça, la fourbaria,
Lou crime, la salouparia,
Lou vol, et maï l'iffrountaria *All.*

Serant pugnis : mas dguins quaou liau
Se boutas ? tout sera de feau:
Ma fi ! gâra à tout maouvais djeau ! *All.*

Per ieü, soubre chinquanta douas,
Me vet tredze cartas : sans djouas
Gâgne, ai la misèra daous as.   *All.*

Et pamis quaou me parara ?
Car lou djuste apprehendara :
(*) S*** billaout me saouvara.   *All.*

Mas que dguise ? soubre moun frount,
Moun Dguieü, me fassis pas l'affrount
Daou signi qu'aquela S*** icound. *All.*

Djuste djudge, per me vendzas
Prend toun fouis que sat tant petas :
Adjusta-bien, lou manquis pas.   *All.*

Soubre la croux quaou t'a coutcha ?
Per lou querre quaou s'is lassa ?
Faï que rien serve à soun ratchat.   *All.*

Vaï-t-en querre tous itablous,
Tas fûtas et tous itelous
Per brulas lous croueis de councous ? *All.*

(') J'ai écrit une seule fois à S''' d'Yssingeaux pour.....
Il n'a pas daigné me répondre..... Mais je prie Dieu qu'il
le confonde avec les autres dans tous les siècles des
siècles. Ainsi soit-il.

Rei, moun sauveur, fouen de piata,
Faï-me credgui : aou ta madjesta
L'y pouai pas tignis : virita !   *All.*

Ma prièra is coumma en tambour
Grossa de bruts ; mas dguins toun four
Me dgitarias, faouta d'amour ?   *All.*

No, me faguèris enna part
Quand passèris et toun regard
M'assura que schous pas bâtard.   *A ll*

Te recoummande à dous dzanoux
De prendre la caousa de tous ;
Mas lous gueux, remplis-lous de peous.*All.*

Per moun compte iffaça-me lou,
Souventa-te qu'à Madelou
Perdounnèris coumma aou filou.   *All.*

Faï-me enna plaça... loin daou bouc,
A drita oùntiqu'is l'agnelou :
Quant à ma tanta... aou lou demou. *All.*

Que de larmas ! qu'en dguishounnour !
Quand daous sans-cœur vendra lou tour.
Dzis de perdou, qu'en sort bien lourd. *All.*

Enfin, faï-me perseveras
Dguins ma vendgença et esperas
D'itchupis soubre lous engrats.   *All.*

FIN.

QUAOUQUAS BOURRÈAS.

L'Intérieur des mariés Jean-Claude PERRACHON
et Catherine BLONDIN, avec BABÉ leur
domestique, et un Vicaire de
l'endroit leur pensionnaire.

Air connu.

Quand lou soulei daouràva
  La chima daou ridé,   (bis).
Dzaguiu coumma en vedé
Pirratchou coummençàva
Per bramas : eh ! dourmé !
Catharina ! Babé !

  Leste après se fourràva
Dguins de bracas d'apé :   (bis).
Sans vesta ngni tchapé
Tous lous djours davalàva
Soulevas lou marté
Daou pourtas de l'abbé.

Revendguiu s'iversàva
Soubre lou canapé :   (bis).
Peü soubre lou fourné
Schi l'oulla s'ennanàva,
Bramàva de nouvé :
Trrountchas! mas que fasé ?

L'abbelou se levàva.....   (bis).
Peü contra lou trumé,
Rischitant en avé
Sous en bras paquetàva
Soun libre et lou bandé
Trinant davant l'aouté.

En sansounnet badàva
Lou traou de soun pipé :   (bis).
Peü, fourçant en lité,
Per sa part arrantchàva
Daous denous de Babé
Las restas d'en café.

A meï-djour on dguinàva....
La blanquetta d'agné,   (bis).
Lou dgigot, lou tourté,
Tout aquo s'arrindzàva
Bien près et de ngnivé
Contra en plat de chivé.

La dguisputa arribâva
Dguins aquo coumité :
La târa d'en babé
De feis l'entamenâva,
D'en rien coumma vesé
S'igrischiat lou troupé.

(bis).

‡ Quand Pirratchoutatâva
La pouinta d'en tounné,
Buviat coumma Noë :
Schi bien que, quand mountâva,
Quatre cacas 'de_thé
Passavant per soun bec.

(bis).

— Quand Bloundguina iginâva
Lous fus de soun carré,
Aourias dguit lou bourré !!!
Tant en dipendoulâva
Que lou bouitquiou, l'aoudzé,
Rien li fagiat pitquié·

(bis).

‡ Quand moun homme dansâva
Sous l'abre daou tchaté,
Moun homme qu'is gambé !
Davinas quaou semblâva,
Redze coumma en roulé ?
Pan-pan-l'Ours ou Dzedzé.

(bis).

—   Quand ma fenna troussâva   (bis).
Lou pan de soun manté,
Faït contra lou pavé
En gros pet divançâva
L'approtcho d'en mourcé
Toumbant coumma en courdé.

=   La paix ! la paix ! criâva   (bis).
Lou mourcelou d'abbé :
Dâma, à vous lou fusé,
Per vous, moussu, la câva ;
Mas..... quand à vous, Babé,
La dzâbia et l'itourné.

LA DECLARATION INUTILE.

Air : *Allons au bois,*
Mignonne, allons au bois

Fasez bridas,
    Pierre, fasez bridas   (bis).
Moun âne et li bîlas,
Pierre, me coumprenez, Pierre,
Moun âne et li bîlas
Enna pougnas de chivas.

    Voùntiqu'annas ?
Rosa, voùntiqu'annas ?   (bis).
La saoumma qu'is bâtas,
Rosa, me coumprenez, Rosa,
La saoumma qu'is bâtas
Dguins l'itable grouma mas ?

    Vez Glavenas,
Pierre, vez Glavenas :   (bis).
Lous vioulous sount passas,
Pierre, me coumprenez, Pierre,
Lous vioulous sount passas
Et m'ant dguit de pas manquas.

Lès volo annas,   (bis).
Rosa, lès volo annas.....
Perçaque ai de veas,
Rosa, me coumprenez, Rosa,
Perçaque ai de veas
Sans témoins à vous countas.

Que vendrias fas,
Pierre, que vendrias fas ?   (bis).
Schi voulez pas tchantas,
Pierre, me coumprenez, Pierre,
Schi voulez pas tchantas,
Aou rinadge ngni dansas ?

Voudrious sarras,
Rosa, voudrious sarras   (bis).
Lous nouds per me marias,
Rosa, me coumprenez, Rosa,
Lous nouds per me marias.....
Aoube vous schi me voulias.

Couqui que schas !   (bis).
Pierre, couqui que schas!
Se dguit Rosa tout bas,
Pierre, te coumprenne, Pierre,
Se dguit Rosa tout bas.....
Aou fait..... serias dischidas ???

Per coummenças,
Rosa, per coummenças,
Lissas-vous poutounas,
Rosa, me coumprenez, Rosa,
Lissas-vous poutounas,...,.
Rien qu'enna feis daous dous las.

    (bis).

Courrez bouquas,
Pierre, courrez bouquas
Vôtras bonnas amias,
Pierre, me coumprenez, Pierre,
Vôtras bonnas amias,....
Que comptant per troupelas.

    (bis).

De djalousgias !
Rosa, de djalousgias !
Et de messoundzarias !
Rosa, me coumprenez. Rosa,
Et de messoundzarias !
Ah ! ah ! ah ! mas ou cririas ?

    (bis).

Vôtras risas,
Pierre, vôtras risas
M'ant dguit que me troumpas.....
Pierre, me coumprenez, Pierre,
M'ant dguit que me troumpas.....
Aou tout aquo, parte pas.

    (bis).

L'âne is en bas,
Rosa, l'âne is en bas   (bis).
Et la saoumma à dous pas,
Rosa, me coumprenez, Rosa,
Et la saoumma à dous pas
Sougnant quaou vaï la mountas.

Prîta et couiffas,
Pierre, prîta et couiffas,   (bis).
Resta à me tchambaias,
Pierre, me coumprenez, Pierre,
Resta à me tchambaias,
A descendre et m'abcouras.

Douas iquiulas,
Rosa, douas iquiulas   (bis).
De laït ou de lîtas,
Rosa, me coumprenez, Rosa,
De laït ou de lîtas
A bien prendre fant pas mas.

Leste ! et troutas,
Pierre, leste ! et troutas.....   (bis).
Meï-djour s'envaï sounnas !
Pierre, me coumprenez, Pierre,
Meï-djour s'envai sounnas !!!
Oùntique vous arrîtas ?

Vez Midjoulas,
Rosa, vez Midjoulas,   (bis).
Et li faris paeas,
Rosa, me coumprenez, Rosa,
Et li faris paeas
De vi, de mitcha et de meas.

. . . .

Claude et Thoumas,   (bis).
Pierre, Claude et Thoumas
Me sonnant per dansas,
Pierre, me coumprenez, Pierre,
Me sonnant per dansas.....
Pense be que m'appitas?

Croea que schas!
Rosa, croea que schas !   (bis).
Se dguit Pierre tout bas,
Rosa, te coumprenne, Rosa,
Se dguit Pierre tout bas.....
Saoumma, âne, tous..... adguieüchas !

QUAOUQUIS RIGAOUDOUS.

LE DANGER.

Air : *Vous raou fas ma revinicha,*
Et vous aoulas moun tchapé.

 pparas, berdgeïrounetta,
Apparas, paras lou loup : (bis).
Lou loup mandza la tchiaouretta, (bis).
Lou loup mandza l'agnelou.

AUTRE.

Apparas, berdgeïra, (bis).
Apparas lou lonp :
La cleda is laoudgeïra (bis).
Per vôtre agnelou.

LA COMMISSION.

— Perque tant courre, Tcharlotta,
Perque tant courre? et Thoumas??? (bis).
— M'envaou querre sa floulotta (bis).
Sa floulotta qu'a lissas.

LA FUITE.

Arrapas-me la
Tenez-me la,
Vôtra roubiaqua ;
Arrapas-me la,
Tenez-me la,
Fouitas-me la.

LE CADEAU DE NOCES.

Mietta
Quand vous mariaris,
Vôtra toualetta
Vaï tchandzas de prix :
La couleretta
(Ieü vous ai proumis
Aquella empletta)
Sort..... dès Amavis.

RÉPONSE.

Batquista,
Aqui de souchis
Que la moudguista
Troubara counchis :
Quant à ma lista
L'y veso d'amis
Sègre à la pista
Tous..... mous ramagis.

CHACUN SON TEMPS.

Viva la djoucïnessa !
Surtout quand is pressa
Dguins lou tourbïou
(Car tomba aqui en mitressa)
Dguins lou tourbïou
Daou mindre rigaoudou.

LA MIENNE.

Leste ! viras,
Viras ma bourrèa ;
Leste ! viras,
Viras daou bon las.
Sans vous dginas
Et sans schimagrèa,
Sans vous dginas
Viras et filas.

JEAN ET SA MAITRESSE,
ou
LE RETARDATAIRE.

— T'ou farai tout-hâra,
   Hâra,   } (bis).
T'ou farai tout-hâra.

— Perque pas à heâra,
   Heâra,   } (bis).
Perque pas à heâra.

— Schous pas prîte encâra,
   Câra,   } (bis).
Schous pas prîte encâra.

— Toun dguire m'iffâra,
   Fâra,   } (bis).
Toun dguire m'iffâra.

— Prends patchinça encâra,
   Câra,   } (bis).
Prends patchinça encâra.

— Schi m'y bôte, gâra !
    Gâra,   } (bis).
Schi m'y bôte, gâra !

— L'imoueï me dipâra,
    Pâra,   } (bis).
L'imoueï me dipâra.

— Billaout quaouqua târa,
    Târa,   } (bis).
Billaout quaouqua târa.

— Vigita et coumpâra,
    Pâra,   } (bis).
Vigita et coumpâra.

— Pars vite à la mâra,
    Mâra,   } (bis).
Pars vite à la mâra.

LE TRIO.

Air : *Perqu'enna rasou*
    Batez ma fenna.

Buvens en bon cop,
Fagiat Pounviana,   } (bis).
Buvens en bon cop,
Fagiat Margot :

Trobe qu'en bon cop,
Fagiat Bourriana,   } (bis).
Trobe qu'en bon cop
N'is pas de trop,

NOTRE DÎNER A MONTFAUCON.

Bilas-li en paquet
A daquel âse,
Bilas-li en paquet
De vôtre fet ;

(bis).

Et quand aoura set,
Aque viadase,
Bilas-li en baquet
D'aïgua tout plet.

(bis).

Per proumeïra part
Bilas-me pinta,
Per darreïra part
En paou de lard ;

(bis).

Car volo plus tard
Poussas ma pouinta
Djouqu'à vez Massard
De Mountregard.

(bis).

FIN.

T. M.

St-Etienne, imprimerie et lithographie J. Pichon, rue Brossard, 9.